VIVA MOTHER VIVA WIFE

荒川 純子

Index

湖水婚

私はボートと婚姻した
女はオールを持ってはいけない
唇を縫われてただ座っていればいい

たまに声を発したくなるけれど
それはできない
私はただ足を開いていればいいのだ

さざなみに皮をはがされるよう
水面で私はすり減っていく
さようなら
希望や期待は必要なく
浮かんでいればそれだけで良い
さようなら

私に決定権はない

首にはみえない番号がふられ
順番に居場所を決められる
それが私には湖だった
ボートとの足かせが私の生き方と示され
誰もが憧れていた
服も髪も身につけるものは全て決められ
ずっと心待ちにしていた

こんなに悲痛な事だなんて
湖水に手を浸しあおむけになる
どれだけこうしていればいいのだろう
ボートにゆられて
私は湖の中心でじっと動かないでいる

消毒

砂浜にじっと横たわると
体中からじわじわと滲み出る
私の汚れたもの
てのひらの中心に穴があき
じょうごみたいなそこから
私のそれは砂時計みたいに落ち
砂が吸収する
私の浄化がはじまる

科料を終えた私はロッカールームへと並び
皆と混ざり合う
生温かい湿気　きつい匂い
床にはぬるぬると流れた汗が溜まり
誰のものでもないからんだ髪の毛が
足裏にしがみついて命を乞う
それを払いのけながら身支度を整え

次の刑を待つ
蒸したロッカールームで誰かが叫んでいた
「子を宿すことが恩赦の道なのだ」
誰もそれに反駁せず瞳を潤ませた
皆それを肯定しているから

家という檻の中で執行される生活
三度の食事　部屋の清潔　衣類の洗濯
そして夜の寝室
苦渋に耐えて私たちは毎日をくりかえし
真夏に一度消毒される
毎年砂浜で身体を横たえる者
すぐに浄化が完了し質の良い寝台へ移される者
私はどちらになるのだろう
それぞれに帰された他の皆も
今頃腰を高くして寝床についている

そして握り締めているだろう
砂浜で拾った白い貝殻を

小さな貝殻　抽斗から取り出すと
私もてのひらにそうっと収めた

ラ音

音楽は得意だと思っていたのに
音合わせで他の人のラ音と私のラ音が違ってから
私にはむいていないと知った
ピアノのふたを永遠に閉じ
絵筆を手にしても絵の具は思うように混ざらない
石膏を削る彫刻刀では指を切り
でもブラックのキュビズムが私を変えた

だから私は美術館へ行く
冷たくて静かで誰とも視線が合わない場所
足音を反響させ私のラ音と共鳴し
興奮が胸の内側をかけめぐる
そして脳に傷をつけ言葉の卵を産みつける

鳴り始める
足を踏み入れたそばから

スカートのすそをたくしあげるだけの私の
義務感だけを感じ爪を噛む私の
ラ音が
私はまだ黒い髪や色のついた唇
湿り気のある手のひらと長い指先を失ってはいない
音の波に高揚して
私はここで多くのラ音と溺れる

私の中からラ音が鳴り終わったとき
口を閉ざし名ばかりの妻と母に戻る
そのうちまたラ音がざわつきだすと
私は訪れる
そのくりかえし

コーティング

私は変わった
鉄の爪、針の髪、氷の唇
私は色を持たなくなり温度も忘れた
重たい肉体をそのままに
私は求めることをやめた

私を剥がしていい
固い皮膚をめくりあなたがたの必要になる
私の気がすむまで私を与えて
こわれてもいい
あなたがたの進むべき方向に前進できるなら
時に私は食べ物になり
私は貨幣になる

道具や装備にもなれる
あなたがたのために

私は変わることができる
たとえ私でいたことを忘れても
そのほうがずっと幸せだと思うから

それで十分
あなたがたとともになれるなら
最後の一片になるまで
私を差し出す
茶色の瞳、穴のあいた耳たぶ、閉じられた臍

私でない私になった
誰と判断できないよう
違うものに私は変わった
もうわからない
誰にもわからない
私にも

石を食う

石を食べている
飲み込んだ石は私の中に積まれてたまる
詰まれて積まれてたまる
はじめはただ食べていただけだった
石を口にすれば何も余計なことは言わずにすむ
石をほおばる事でどこにも出かけず
誰かに会うこともなく
楽しくも悲しくも何も感じないでいい

固くても尖っていても
石を食べ続ける
たまに吐き出すことがあったが
私はそれを恥じた
食べていくことは収めていくようで
納めて収めてたまる
身体で石を守っているように感じた

いや、石が私を守ってくれている

私を、私のまわりを、世界を、すべてを
石を食って鎮めている、穏やかに
石は食われながら私を生かす
私はまだ生きていなくてならない

生きている以上私から石はなくならない
抑えて
うまく生きるために　食べる
余計なことを望まず　食べる
与えて
私が私でいるために
食う

安眠

何度も楽しい事を口にしても
今のつらさを消せなくて
何度自分に言い聞かせても
私の苦しみは強さを増して
これを消すには私が眠らないといけない
一日一回笑うなら泣くほうが簡単で
何もかもを忘れるには眠るのが簡単

いなくなってしまいたい
シャボン玉がぱっと消えるように
キャンドルの炎が一瞬でぐらりと消えるように
私もはらりと姿を消せるのなら

それができなくて
私は一番大事なものと眠る
そのまま幸せを抱えて眠り続けることができるなら

目を覚まさなくてもいいのかもしれない
眠っている間は何も考えずにいられる
目覚めれば朝は私の幸せを奪い
時間の経過が私を陥れていく

今日も静かにゆっくり
私はうずくまる
人の顔をみないように
人の声を聴かないように
それが日々普通になっていく
背中が丸まれば何もみなくていい
ウロボロスのように私は私をなくしていく
私は私を無にしていく
私は私を喰ってもいい

消えることができないなら

眠りながら丸まろう
明日また目覚めてしまっても
また眠ればいい
おやすみなさい
私は目をとじて耳もふさぎ
丸く丸く
固まっていく
私を守るために

何も見ず何も聴かず
眠る私を許して欲しい
私はウロボロス
大切なものと一緒に丸くなって眠る
誰も起こさないで欲しい
私を起こさないで

カタツムリ

寝そべっていると伝わってくる
地面を通じ気配が男を連れてくる
地下鉄を降りて地上に上がり
自動販売機に硬貨を投入し
ペットボトルの水を買って
アスファルトの上に摩擦をおこしながら
私の門をあけにくる

ただ門をあけるだけだった
たまには少し話もしたが
ともに膝を並べ隣で夜を過ごすだけ
私がどうしてここにいるのか
なぜ男が私の担当なのか
何もお互いに知らないで
ただ一緒にいた
男との共通な点は清潔だった

誰かと触れ合うことも好きだった
たとえ地球が滅んでもこの人だけは生き残り
立ち上がるだろう
そんな魅力があった

私は魔法にかけられここに閉じ込もった
自分で自分に閂を要した
魔法を解いたのはカタツムリ
男が差し出した一匹のカタツムリ
人間以外に唯一私が触れることのできる生き物
外のフェンスにいたからと
何も知らず
ぬめりも粘膜もしたたる液体も
私に差し出した
それから私と男は私たちになった
みえない間仕切りは取り払われ

永遠がはじまったのだ

朝がきて私の門を閉じ
男は出て行った
いつもどおりのはじまり
手の甲にカタツムリを這わせ
床に横たわる
夜になり気配を感じることのできるまで
ただ寝そべっている
私は待っている

かくれんぼ

読みかけのページをひらいて
満ちる足元の水を感じる
羅列の中に身体を隠したまま
自由という記号をたどって

カレンダーはめくられないまま
テレビやラジオのスイッチは硬く閉じ
私の中の本望とするものだけを
水晶体にうつして過ごしている
それが私の毎日
探して欲しいと思ったことは
いいえ
逃げようとも思ったことは
いいえ
毛布の隙間から朝日をのぞくような
薄っぺらな視界

それが好きなだけ

めぐる想像の世界
ほしいものほしい姿
すべてページの中
時に海賊と戦ったり
心ときめかせ夜空を見上げたり
美しい音色を奏でることも
でもいつまでもここにはいられない

ドアノブがこじ開けられる
水はもう寝台を浸し
手中の本は湿ってめくれない
これで文字も失った
私は逃げない
逃げない

身体をかがめて息をひそめよう
毛布に手がかかる

滲んだ活字とともに沈没する
目を閉じよう
結末の時
かくれんぼ
準備はできている

ペンダント

夕暮れにグラウンドに埋めた
ガラスのペンダントはどうなったのだろう
黄土色の土に消えた宝物
もう手に入れられない
私は幼少の記憶を
それと共に埋めたのだ

私の顔をした少女は
マッチ棒が折れるように轢死した
ひどく誇大に聞こえるかもしれないが
プリーツスカートがふわりと風を受け
その途端堅くバッタリと直角に倒れふした

はじめて眼鏡をかけた九歳の日に
私は記憶の方向を定め
流れ行く先が落ちる滝壷と知っていた

おかっぱに切りそろえた私の
見上げた空はいつも青く澄み切っていたのに
爪先にはいつも汚れた砂がこびりついて
身近なものをみるのをやめた
膝頭を揃えうずくまった時を
流れていく行く先を
何度も引き返せたはずなのに

封印した幼少の記憶
知らず何度もすれ違った
死神のぞろびいた衣服のすそ
少女の瞳はもう青を映さない
うつぶせの唇はアスファルトに押し付けられ
もう何も語らない

あがる水しぶき

ガスのように白く湧き上がり
私はその中に消えていった
深く泡となって
沈んでいく
深く　深く　底へ
水の底で
泥にまみれても戻れるのだろうか
奥底で
あの日のペンダントに出会えるだろうか
問いかける
私はどうすべきだった
と

掘り起こそうなんて一度も思った事はない
それが残された私
私は紫色の唇を噛み締める

春の叫び

腰に時計を下げたウサギを追うように
逃げ込んだ
どうなってもいい
私が飛び込んだ扉の先は森
そして流れる川の前にたたずんで
ただ水をまっていた

叫べ
うなだれるだけではなく
顔を上げて発せよ

ああ、なぜ私は川に入れない
飲むこともできず
手を清めることもできない
飛沫があがる川岸にしゃがむと
声が聞こえて

川の
森の
風の
(苦しいときは思いきり吸い込んでいい)
そう聞こえるから
私は指先から緑色になった

叫べ
今だからこそ
自分の言葉で発せよ

深呼吸をすると川の水が騒ぎ出し
私は靴をはいたまま足を浸す
大きく身体が掬われ
流される
私の瞳に映るのは緑

流れていく
望んでいた速度で
（苦しいときは思いきり吸い込んでいい）

叫べ
叫ぶ
春がきた、と

春だ
私は戻っていく

さくら

その白い花びらで私の頬をなでてほしい
私が立つ位置にあなたが腕を下ろし
そうっと揺れる　記憶を浄化するように

私の上からふる花びらで　私を流して
どんなに汚いものも　みにくいものも
消えない私のもつしみを　あなたなら消してくれる

一生懸命に咲きたかった私には
その代償が必要で　そのたび私をていよく差し出した
今なら全てお見通しだったとわかるけれど
私はまだ若くて
私には前しか見えなかった　瞳には希望しかうつらなかった
さくら
あなたが私の肩をゆさぶる　花びら一枚一枚で　そうっと

私は清潔でなければいけなかったのだ
それは私が女で子を産む存在で
命を引き受けなければいけなくて
生をつなげなくてはならなくて
そのときまだ
私は知らなかった
なぜ春にさくらが咲くのかを
なぜさくらが愛されるのかを

私がもう一度生まれ変わるため
降って　舞って　散って
あなたは私を呼び寄せる
そして語りかける　まだ遅くはないと
さくら
その大きな存在が　私を春に戻す　私を咲かせてくれる

でも　本物のさくらにはなれない

分岐

わたしたちは　互いをぬぐいとり
みている　みつめあう
決断しよう
ぬるい蒸留水を飲み干して
陪審の吐息　喚問の苦悩
真実を唱え流れを止めるために
歩みより
決めた幅を保とう
言葉にならない慟哭のこだまを
響き合わせて

わたしたちは船に乗った
その先にみつける亀裂
わたしはためらい手前で動けない
こわくて　傷つくこと
こわくて　涙を流すこと

ただ目を閉じる
亀裂へと船は落ちていく

するとあなたはそこへ投げ込む
にぎりしめていた種を
ぎりぎり亀裂の淵に近づき
そうっと手を放す
創世の拒絶
わたしたちの種　さようなら種
もう育てなくていい
のぞくこともできず
引き返すこともできないわたしを無視し
亀裂から離れ
無言であなたは船をとり戻す
さえぎるものを越えて
個々になる

わたしたちはひとりだ
種の行く末を語り
白いハンカチーフを振る
互いの存在を赦しあい
解かれて
勇気の名のもと
わたしたちはそれぞれとなる

収穫祭

私の肩にざくろの花が咲く
赤く染まった肉の膨らみ
それに触れたいと
手が集まってくる
その中からどの手を選ぶのかは私の自由だ

手拍子の合図で
祭りがはじまる
収穫祭
拍子木の音に合わせ手を叩けば
男たちの声が挙がり
高く掲げた提灯と通りを練り歩く

熱気の中を神輿は担がれ
たくさんの声が響き合う
私もさらに大きく声をかえす

私はまだもっと大きくなれる
私だってまだ進むことができる
肩に気高い重さを溜めて
私は腕を上げ進んでいく

汗と体温の絡んだ余韻をひきずり
高ぶった赤い花を持ち帰る
同じ肩を持つ男に花びらは増して開き
私は剥がされる
この日だけ持てる私の花
痛みを残して露わになる
ざくろ
割れた実が
輝きを増し熟れていく
神が外出する時にだけ
私に咲く花

一瞬

いっそのこと
一瞬で世界が消えてしまえばいいのに
私も
家族も
まわりのもの全てが同時になくなれば
何も気にしないで消えていける

残しておくもの
残していく人
はずかしいことばかりの
自分を
あらわにせずにすむから

過去も未来も何もかも
点にもどれ
ゼロにもどれ

もう一度
生きなおしたい
なのにひとりになる勇気はなくて
もう一度自分を
生きなおしたい
けれど私の知らない場所に足を踏みいれられない

私は簡単に消えることができない
私の持つものは多すぎて
重すぎて
地面には濃く黒い私の影がしみついて
どこまでもついてくる
このまま
消えることなんて
できるはずがない

自答

逃げたい
逃げたいと心のどこかで思いながら
絶対に逃げることはできない

私の重たい心を支える手は
洗面台のふちしか強く握れず
私の声のない叫びを受け止めてくれるのは
蛇口から勢いよく流れ落ちるシャワーだけ

自分ではどうしようもないことがあることを知った
だれかを傷つければ自分は助かるかもしれないのに
それができなくて

静まった部屋の中で私は身体を投げ出す
もう何もなかったように立っているなんてできない
今までと同じにふるまってなんていられない

でも私は偽らなければならない
偽ることが誰も傷つけない手段
偽ることが平常をたもてる方法

でも私は逃げたいと
本当の自分でありたいと
何も気にしないで生きたいと
好きなときに叫びたい
ならば抜け出せば
どうしてそうしないの

怒って（自分に）
怒って（自分を）
何もかわることはない
私は逃げることができない
何も選択できないのだ

非情になることさえも

名前

呼ぶ声がして振り返る
誰も知った顔はいない
そういえばずっと呼ばれていない
名前を
街中で誰かから声をかけられるのは
気分の悪いものではなく
かかる声の数が多いほど優越に浸れた
でももう私は呼ばれない

名前を呼んで欲しい
私は顔をもつ代名詞
子供の名前での近所付き合い
子連れの外出はふたりでひとり
私自身をクローゼットにしまったままで
挨拶する毎日に慣れてしまった
誰も気づかない

みんなそれで平気なの

公園の入り口で
「おかあさん」と子供が私の手をひいて呼んだ
くいっと引く弱い力で戻される
「おかあさん」
こんなに素敵な名前
今にしかない私の呼び名
これで十分
なのに私は他にどんな名前を欲しているの

それでも
ときどき誰かに呼ばれたい
きちんと名前で呼ばれたい
私の名前
私を呼んでほしい

私だけに向けられる視線と幼い声
それがあれば
本当は
名前などどうでもよいのかもしれない

カケラ

洗濯を終えてもまだ座る事ができない
泣き声のしない間に
スカートを全部窓から放り投げ
ひらひらと中に舞い落ちては
車に轢かれるのを見ている

台所に戻り粥をつくる
歯の生え揃わぬ子へのひとさじを
その脇で熱いコーヒーの香りを浴びたくて
薬缶を沸かせたまま飲み干し
喉を火傷する

指輪も腕輪もピアスもいらない
軒下に使用済みのオムツと一緒に埋めてしまおう
きらきらとしたものがどろどろ
軽く手を払っただけで感じる

後悔や罪悪感とともに消えてしまえ

間違い電話やベランダにとまる鳥に喜び
顔に塗るいい香りのボトルは埃を積もらせ
私は性別をなくした
泣き声にかなうように子守唄を叫ぶ
世の中がみなこうしているなら従おう
そして私は名前をなくした

使命をこなすたび剥がれ落ちる
カケラ（私の）
足元で踏みつぶされ砂になる
逆三角形の底へさらさら
そしてまた形成される
隣の部屋ではまた泣き声が聞こえる

みずうみ

湖に沈むなら
口の中を宝石でいっぱいにしていく

月の光に誘われて夜の湖に入っていく
私は泳げないから
深さが増し足がつかなくなるだけで
きっと沈んでしまうだろう
それが目的
そのときに私の口から
助けを請うような言葉がでないよう
つめこんでおく
きっと私は懇願するだろう
そんなのはいや
私は私でいるために
いさぎよく沈んでいく

まわりの母親たちは
育児を保育園に託し自分の職業へ戻っていく
そんなに割り切れるなら
私は湖に入らなかった
三歳児神話を信じて
家に社会に性別に縛られる

日に日に沈んでいくような気がしていた
夢や想像ではなくて毎日が
私を沈ませる
こわくないわ
保護者という価値観
しつけに公園に補助椅子のついた自転車
送迎とお弁当つくりの励行
永遠にはずせない仮面を装着して

私は一度沈まなくてはならない
深く深く
月に照らされた湖の
底に隠された私たちの仮面
それを手に上がってくる
そうすれば
もう一度生きていける
新しい顔すべてとじこめて

私を切り離すとき

夫との年齢が離れているので
彼は時々変身する
舅　保護者　時に子供
私は生年月日をゴミ箱に捨てた

夫がきれい好きなので
彼は夜中に掃除をする
目覚めて清潔に気がつかない私
以来、毎朝瞳を取り出して洗う

夫は人付き合いが上手いので
私の他人との対応が気に入らない
私は余計な事をしゃべりすぎる
唇に赤いファスナーを縫い付けた

夫は人より反射神経がいいので

私の運転に文句ばかり
ブレーキ　車間距離　スピード
私は運転手じゃない
無事故でいるために石を耳につめる

夫がホームレスの男に同情し
小遣い全部あげたら手元に三十八円しかないと言う
私は数百円数十円のためにスーパーめぐる
共に走る自転車の車輪と私の足を交換した

もう私には手しか残されていない
このまま手を失いとどまることを選ぶのか
夫を土に埋めて私の手はペンを握るか
私はどちらを選択すべきか
私は何を切り離すべきか
早く返事をださなければいけない

豊かさ

ただいまと声をかける家があり
並べる器のある食卓
そのことが私をあたたかくする

そのあたたかさがどんなに必要か　私にはわかっていなかった
それをなくすことに覚悟がいるとも　知らなかった

選べて　動けて　自由
豊かさはほんのささいなこと
時間はどんどん過ぎて
気づかされることが日に日に増えて
忘れない　忘れてしまう　忘れてはいけない
本当に必要なもの

私を呼ぶ声
私に触れるぬくもり

私を知っていてくれる
何気ないことが本当は必要
私はひとりでは生きられない

覚えていて欲しい
私のことを
つたう涙をぬぐうハンカチよりしっかりと包むてのひら
私も差し出そう
誰かをあたためるために
誰かと生きていくために

私は待つ　小さな家で
私が私でいられる場所
そこで私は生きていられる
私はひとりでは生きていけない

サイクリング

じっとしていると消えたくなるから
私は外にでる
泣かないように　いえ　泣いてもわからないように
自転車に乗る
買い物にいくほど　お金はなく
車にのるなら　ガソリン代が高くつく
私はゆっくりと自転車のペダルを　踏む

私の家は坂の上
勾配のゆるやかな長めの坂道を選んで
車輪のまわるままに風を切る
人の気配も　車の気配も　しらんぷりで
風にまかせて前に進む
すると頬を空気がたたくから
うっとおしくブレーキをかけろと合図を送るから
仕方なく私はブレーキをかけて車輪をとめて

足を地面につけてしまう
このまま　どこまでも　すすんでいけそうだったのに
私の知らない場所まで　行けそうだったのに

そのままあてもなく近所を走る
ゆっくりと自転車をこぐと
ＰＴＡの友人に会い　見慣れない犬を避け　新しいケーキ屋の看板
新築マンションの広告を配る若い女の子　地下鉄の出口を出入りする人たち
そしてウィンドウに映る自分の姿
白髪の増え薄い化粧をしたジーンズ姿の私がいる

帰ろう
あきらめてゆっくりとペダルをこぎだす
消えたくても消えることのできない姿があった
どこにも行けない何もできない自分の居場所は　ひとつだ
私はブレーキをかけなくてはならない

サイクリングには　止まることが必要なのだ

湖に行け

私は死ぬことができない　どんなに苦しくても痛くても悲しくても
今までは逃げることができた
何もかも決められる自由をもっていた
けれど、今は制限された自由の中に生きている

たまに私の耳に響く
湖面を引っかくような金属音
ひーっ
お米をといでいるとき　洗濯物を干しているとき
悲鳴のように
冷たい湖水にひきづられるような
ひーっ
子どもがはしゃぐ高い声のような叫び
言葉にならないものを吐きだすような

叫びたいのかもしれない

思うようにならない自分に　目にみえない囚われの自由に
でもその不自由さが私を時には安心させる
それは社会的に普通と呼ばれる条件
なんて矛盾

私には求める人がいて　誰かのために生きて　頼られて
それでいい　それだけでいいのに
でも時に欲しがってしまう
流行の服　明るい色のバッグ　大きな石の指輪　自分の家
磨かれた爪　くるりと曲がったまつげや健康的な頬

そんな欲求を抱えた自分が嫌になる
だから私は眼を閉じ、湖にたたずむ
私の自由はそこにあって
私の我慢を底に沈める
私はいっとき複雑になるけれどどこで静穏を取り戻す

叫んでも泣いても何を告白してもいいここで
自分が死んではいけないとわかっているのなら
逃げるのではない
湖に行け　湖に行け　さあ早く

歌声

なにもかもを脱ぎ捨てよう
この先に何があろうとも
軽くなった肉体のみで生きていく
それが真実

そこからでておいで
プレパラートの上の出会い
清潔に保たれた正確な四角から
勇気を出して飛び出せばはじまる
両手におさまらなくなったあなたと
立ち止まることのできない長い道のり
ずっと一緒ね
待ち望んでいた

何のために生まれたの
誰のために生まれたの

私のベルゼバブ
私はあなたの手であり足である
私たちは言葉を覚えた
言葉は音楽に合わせ
音楽は歌を従えて
歌は速度を覚えて
私たちが世界をひとつにした
私たちの出会いは必然
もう道は延びている

だからこそ
行こう
私たちをたたえる場所へ
もう何も要しない
私はあなたの味方
すべてを忘却し静謐を求めて

世界は動きはじめた
歌声はとまらない

言葉

「a」と発したときから
私たちは学んでいる
共に生存していく手段
調和と協力のきっかけ
言葉を使用し私たちは外界との扉を開いた

「a」と発するたびに
私たちは忘れていく
胚胎と胎児の経過
生誕したときのこと
言葉は得るたび古い時間の扉を堅固にする

いちばん大切なものを手に入れることで
他の大切なものを失うことに気づかない
私たちは
共通言語をなくしてどのくらい経つのだろう

バベルの記憶が螺旋の奥に隠匿されていても
誰も取り出せない

大切なものは
言葉
でもその片方で喪失する
はじまりの記憶
私たちが恐れなくてはいけないのは
感覚の忘却
取り出せないほどに奥へとしまわれた
羊水の温度　臍帯のつながり　子宮壁の接触
胎児のころの私たち
それらと引きかえに獲得したものが
言葉

なんてカタストロフィー

成長しながら自らを失っていく
誰も気づかない
誰も
［a］

VIVA MOTHER VIVA WIFE

本当のことは当事者にしかわからない
道端で出会う隣人の笑顔も
レジ係のかん高い声も
下校途中の子供達のはしゃぐ声さえ
本物なのだろうか

いつも心に太陽を
そんなことは理想
給食費を払えなかったり
気の合わない人達との昼食会をうそで断わり
穴の空いたズボンや靴下を繕う
誰にも会わないようにと祈る私の心は
曇天しかない

空いた冷蔵庫の中をぼんやりみつめて
使えないクレジットカードを財布に入れ続け

どこへ行くのも徒歩が原則
ただドアの外へ一歩でるとき仮面をかぶる
かぶりたくないのに

腹の中に溜まった重石を悟られないように
軽快に歩き
自信に満ちてすれ違う人々の顔を見る
身体を覆う黒い影をみつからないように
私は自分から明るく発する
こんにちは

温かい家庭や夫婦円満なんて欺瞞
テレビドラマみたいな毎日はない
あくびやしゃっくりまでも嫌悪する
同じグラスや箸を使う気も失せて
日曜の朝は早く起きてこないことをただ願う

ふたりになる事を避けるために用もなく外出
目をあわさないように会話
不自然にならないように最小限
気づかれないように
いえ気づいて欲しいかもいや気づかれている

子供が成人になるまでの我慢
一軒家を手に入れるまでの辛抱
義理の母は健康でいてください
私はただ演じるだけなの
きつく苦しい面をかぶり
薄い空気にもがきながら

私は MOTHER
私は WIFE

私は

どうしたって変わらない私
だからこそ
意味もなく笑って過ごすしかない
誰にもわからない私を
悟られない私の生活を
見破られない私の仮面
笑顔の内側に押し込める
誰も知らない真実

VIVA　MOTHER
VIVA　WIFE

誰も本当の私を知らない
誰にも本当の私を知られない

受託者

私は時給八百円の受付者であった
荷物を預かり届けるまでの間に存在する仕事
みなが託すものをその行く先へと割り振っていく
それはお菓子であったり衣類であったり貴金属であったり
さまざまな土地へと
この国のどこかを定めて送り出していく
大切なものを預かるのだから私の判断が不可欠
天地無用　上積厳禁　ワレモノ　取扱注意

はじめはただ送りだすだけだった
でもある時私は役目を悟った
託されたものは私の手にかかると
それぞれ意味をもち始めると
持ち込まれた時はただの品物かもしれない
不用品かもしれない
あるいは重要な書類であったりもする

折り曲げ厳禁　ナマモノ　午前中指定

私によって役割をもった品物たちは
受付印を押された途端に温度を持つ
まるで生き物みたいに
生きる荷物には意志がある
私が与えた意味は各自の意思になり
意識を高めて
決められた場所へと届けられる
単なる品物が大切なひとつに変わる
私は差し伸べている
梱包する光る腕を
依頼主から受けては手放し
届け人へと彼らを送り出す
こがね色の両手で

いってらっしゃい

それぞれの行く先へと旅立ったときに
私は受付者から受託者になる
命を与えて届ける中間地点で生きている

夏の朝

眠りから戻りかける早朝
耳元で羽音がきこえる
はらっても消えない
耳を髪で覆ってもやまなくて
私は頭を抱え込む

汗の匂いが私の着ているTシャツから漂い
熱のある体温を取り戻す
枕に敷いたタオルは洗髪と汗の湿気でデスマスクをつくり
ヘアトリートメント剤の残り香で窒息しながら
私は朝に引き戻される

羽音
身体の中に住み着いているような
卵を産みつけられたような
いえ皮膚を食べられたような

いえいえ毛穴に隠して飼っている
いえいえいえいえいえ

全力でまぶたを持ち上げ
私は羽音の主を追う
眼をこらし耳を尖らせ音を探す
髪をぐしゃぐしゃにしながら私は払う
大きく腕を振り回し私は空気をかき混ぜる
払っても払っても
探しても探しても
みつからない

羽音がする
夏の朝
私の中を一筋の汗が落ちる
入れ替わりに虫が眠りにつく

Kに

今だから話そう
私は君を産んだ
カミナリの鳴る森で

正確に言うと
私が森だ
ひっそりとしているのに
声がする場所
ここにいないものと言葉を交わせる場所
だから私は濡れた湿り気の中で
カミナリの合図をじっと待つことができた

なぜって

君がこの世界に降り立ち　歩き進んでいく事を
私は後押しする役目を与えられたから

それが私の使命
ひとりの人間であるが、ひとりの私の創造、ひとりの私の自然
私の森から分割された小さな君
いつか進まなければならない
森として　森を続けて　森を育て
森の果てはまだ遠い

今だから伝えよう
私は森も産んだ
私達は森を繋いでいかなくては

君はまだ私の森の中
もしもここから出るとき
君は自分の森を抱えるだろう
それまで同じ場所で手を繋いで過ごそう
同じ水分をとり　同じ呼吸をし　同じ空を仰ぐ

なぜって
世界がどんなふうに変わろうとも
私達はずっと一緒だから

白い馬

私たちは探り合っている
お互いの間を白い馬が行き交うのを
みつめて
ひづめの音やたてがみのゆれるかすかな音
すまして
遠く離れていても
私たちは触れ合い伝いあっている

わかっている
これは今だけ
短いわずかな
言葉を介さない
これが私たちの蜜月

馬を育てる
白い馬の存在

または名前のまだない彗星
もしやころころと不思議に転がる卵
行方を見据えながら
不確定な放射状の視線に引き寄せられ
役割を果たすように育て上げる

いななき
白い馬のいななき（ほら）
微妙に震える糸電話
どこからか聞こえてくる（そうっと）
ぐるるるるる
ぐるるるるるうううん
白い馬に託されたのはユニコーン

もうすぐ
馬はアンテナを掲げる

振動を伝え
その波をつかんだ私たちは
それぞれ歌を歌おう
探りあい続けよう
いつまでも
伝いあう
私たちが永遠にふれあっているために

贖罪

あの日を忘れない
四谷の交差点でヘリコプターが飛んでいた
轟音とともにあなたも離れていった
何が一番大切なのかわからなかった
自信それともお金それとも
何も持っていなかった
私は決断を間違えてしまった

囚われている
新しい名前は私にからみつき
つながれていて動けない
扉はあっても開かない
壁の向こう側はよくみえても
私は出られない
でも私は抜け出せない

私は花を育てる
上手く咲かせられなくても
何か作り出さなければ
何か生み出さなければ
茎がぐらつき根が震えても
必要なのは咲かせること
一筋の光　一滴の水
私は今、せかされている

誰かに責任を押し付けられるのなら
どんなにらくだろう
自分を守るために失うことを選んだ
どうやって肯定すべきか
何をしても許すことができない

座敷童

あなたは現れた
生まれた子に会うために
その日からあなたの来訪が始まった

あなたは知らない
私があなたを殺したこと
命をうみだす流れを拒否し
入れ物の私だけ残った
身体をもたず眠り続けるあなたは
私と共にいても
私のまわりを漂うだけ

あなたは現れた
言葉をもてたならきっと問うだろう
なぜ私が耳たぶを触れられること拒んだのか
なぜ私が発する声から耳をふさいだのか

答えを求めてあなたはさまよう
私だけが知っている
あなたがここにいることを
あなたがそこでみていることを
でもあなたはどうしようもない

玄関や寝室にふと現れ
ときに家の廊下を駆け抜ける
たまにバタンと扉を閉め
私の腕を強く握ることも

あなたはこれからもここにいる
兄弟になりえた子を守り
母と慕うはずの私のそばで
いつも漂っている
私しかわからない合図を送りながら

夏の訪問

あなたは姉がいたという
通学道のアスファルトからその子の足音が
にじみでて（ぺたぺた）
何気なくその音についていくと
いつもの自分の帰り道
普段通り家に帰ってこれたらしい
「姉さんの足音だったよ」

「僕と同じ校帽で赤いランドセルが光って、目黒通りの歩道橋あたりで、
振り向いて目が合ったとき、なんだかどこかで見たような。
どうしても知っているような気がして、だから少し早く歩いて後をつけた。
僕の姉さんだと思って。絶対に。」

下校時にいつも石をポケットに入れてくる
とてもきれいな石だったからと
でも今日はランドセルを玄関で放り投げて

小さな石を掲げて叫んだ
「これは僕の姉さんだ」
ほらお母さんにもわかるでしょ
手のひらの青みがかった丸い石を大事そうに差し出した

「僕に姉さんはいたのか」
いつか聞かれるだろう覚悟をしていた
まだあなたが乳児だったころ
おかっぱ頭のお姉さんは何度も
あなたを見にきていた
姿はみえなくても私には気配がわかる
いつかきっとあなたも気がつくだろう
それが今

そのとき空に流れ星がながれたかどうかは知らない
でも特別なその日から

私達は同じ毎日を繰り返している
だから知るときがくる
私が天井をみつめゆっくりと逆に数を数えた日
あなたの姉を失ったと

夏の夕方
犬を散歩させる私の前に跳ねて飛び出してきた
小さな親指ほどのヒキガエル
アジサイの葉と小さな虫を一緒に持ち帰る
わかっていた
カエルが誰なのか
小さな箱の中に住まわせた

もうしばらくしたら
告げなくてはいけない時期がくる
私が失ったものは

あなたにとってとても必要だった
でももう二度と手に入れられない
失うべきではないものの判断ができなかったから
私は何もわかってなかった

カーテンが揺れる
夏のなまあたたかい風にまぎれて入ってくる
感じ　気配
私の左肩に手がのせられた感触
大丈夫？
そう手は伝える
ありがとう
私は大丈夫　大丈夫だから
その手の訪問に
私はそう言いつづける

Flowers

もしタマゴで子を産んでいたら
こんなに愛情をもたなかっただろう
心配することもなく
必要以上の涙を流したり
オクターブの高い笑い声とは縁がなかった
温めるだけの責任を終えて
私は私に戻っていた

しかし私はヒトの子を産んだ
分身であって別人
誰かに似た手足をもつ子の
その声をはじめて耳にした時から
毎日が風の強い日のたこあげのようで
いつも手に糸を持ち
落ちないように引き続けている
それは固定されたということ

切れない糸は濃い血縁
私は違う私になった

私は植物を産めばよかったのかもしれない
たとえば花びら　それとも木の芽　いや種を
美しさと若々しさとはかなさや強さ
それらを保ち続けて
きっと変わることはなかったはず

私が貝殻を産んでいたら
私が砂を産んでいたら

私はいったい何を産んでいたら
私のままでいられたのだろう
てのひらに感じる重さやあたたかさ
知らなかったことを知る前には戻れない

産む前には戻れない

変わらずたこをあげる
落ちないように
何かにひっかからないように
操ることが私の役目
強く　強く
風は私をめざして吹く
糸を切ろうとするかのように
でも
もうそんなに吹かなくてもいい
私が糸を放す事はない

私はなぜ木ではないのか
なぜ花ではなかったか
なぜヒトの子を産んだのか

私はなぜヒトなのか
風に震え考え続ける

あとがきにかえて

人間とは変わるものだ、とつくづく感じたのは子供を産んでからだった。学生の頃、子供服ブランドのショップでアルバイトをしていた時は子供が嫌いだった。すぐに調子にのりわがままで、こちらもお客様である親に商品を買ってもらいたいから、子供相手に遊び相手に徹した。それはかなりの疲労を伴った。その経験以来、電車の中の騒ぐ子供、マンガの絵のついた靴、べたべたした手であちこち触ったりする子供などもってのほかで、まさか自分が親になるなんて想像しなかった。

しかし、妊娠、出産を経験し、自分の子供はこんなにもかけがえのないもので、何よりもいとおしいものだと知った。それに他人の子供までかわいいと思えるから驚きだった。

この第三詩集を上梓するまでのそんな十三年間に、私の中で様々な変化があった。ひとりで生きようと決めた途端、夫と息子という家族ができて今まで最優先だった詩が後回しになったことから始まる。

結婚したら退職しなければならないという規則に反発していたデパートを、すんなり辞めて専業主婦になった。とはいえ家庭に入ることは楽しいことばかりではない、何度もつらいとき、どうしようもならないときがあった。誰かと一緒に暮らすということは、自分ではどうにもならない状況にもなるということ。自分がもう若くないことも悟り、他人と比べて自己嫌悪に陥ったりもした。そんな時、どんな状況でも自分より守らなければならないものがあるという現実が私を支えた。それらを壊さないために。誰にも言えないことを紙の上に叫び詩の言葉で訴えた。それはただの走り書きのメモで終わったこともあるし、興奮して書いた文字は判読できない落書きになったこともあった。でも気持ちを書き殴ることで自分を取り戻せ、外に感情をぶつけることはなかった。

詩が私を平常に戻してくれていた。私には詩があった。そして私は詩を書きたかった。

一年前、そろそろ詩人に戻りたいと思っていたときに、関西の平居謙さんより電話をもらった。確か引越しの最中で息子の中学受験前だったから、ものすごく慌ただしかったことを覚えている。

ようやく自分の時間がもて、自分のことも考えられるようになり、この十三年間の作品を集めてみた。何か特別なことをしようと思っているわけではない。ただ「かつて詩を書いていた人」から、「今、詩を書いている人」に私が戻る第一歩を踏み出すために平居さんの手を借りた。それがこの詩集だ。

詩を書くにはなんでもありだ。ＯＬでも妻でも母でも女性でも。楽しいことつらいことどんなことも詩は受け止めてくれる。家族を大切なように詩も大切だ。以前、私には詩しかない、と決めつけていたひとりぼっちの私には持ち得なかった感情だ。自分の気持ちがこんなに変わるなんて。

私には自分より詩より大切なものがある。

VIVA MOTHER VIVA WIFE

二〇一五年一二月二十四日　第一刷発行

著者　荒川　純子　*Arakawa Junko*
発行者　平居　謙
草原詩社
京都府宇治市小倉町一一〇—五二　〒六一一—〇〇四二
発行所　株式会社　人間社
名古屋市千種区今池一—六—一三　〒四六四—〇八五〇
電話　〇五二（七三一）二一二一　ＦＡＸ　〇五二（七三一）二一二三
［人間社営業部／受注センター］
名古屋市天白区井口一—一五〇四—一〇二　〒四六八—〇〇五二
電話　〇五二（八〇一）三一四四　ＦＡＸ　〇五二（八〇一）三一四八
郵便振替〇〇八二〇—四—一五五四五
制作　岩佐　純子
表紙　K's Express
印刷所　株式会社　北斗プリント社

ISBN978-4-931388-92-5 C0092
定価はカバーに表示してあります。
＊乱丁本・落丁本は送料小社負担でお取り替えいたします。